김동수 시집

그림자 산책

미당문학사

시인의 말

 45년간의 교직을 정년하고 벌써 4년이 되었다. 지나고 보니 나는
이 우주라고 하는 거대한 사이클 속에서 잠시 지나가는 과객이요
그림자에 지나지 않았다는 생각이 들었다.
 이러한 맥락에서 자연의 섭리에 따른 순응과 인위적 유위有爲, 이
두 틈바구니에서 발생된 실존적 길항, 이게 나의 제8시집 『그림자
산책』이다.
 초추의 양광陽光에서 중추가절로 접어드는 이 아름다운 계절에
멀리 산정의 구름 한 자락을 보면서 행운유수 납자衲子가 되어 남은
저잣거리를 또 걸어 본다.

2016년 가을
김동수

목차

I. 겨울 한낮

II. 헐렁한 저녁

III. 유심流心

IV. 그냥 바라보자

V. 가을 나무

I. 겨울 한 낮

수평선

끝내 다가갈 수 없는가.
내 그리움의 끝

멈출 수 없어 자꾸만
출렁이다

하늘 끝 멀리 밀려나

꿈인 듯
생시인 듯

기억의 저 편에
가느다랗게 떠 있다

내 영혼의 분신

사과

손대지 마라
출렁~

햇살도
한 순간 일그러지리라

날을 대는 순간
기우뚱~

세상 한 귀퉁이가
무너지게 되리라.

악수

손이 비어 허전한 날

저잣거리로 나가

손은 자꾸만 악수를 하였다.

발자국
— 백사장

해변엔 주소가 없다.

홀연히 왔다
홀연히 실종된 물결

주인 없는 이 바닷가에

길다랗게
몸을 맡긴 백사장

그 위에 점 하나 또
바다로 쓸려가고 있다.

적멸

세상의
모든 色을 모아
하얗게 되듯

나는 세월을 훔쳐
백지白紙가 되었다.

어머니 돌아가신지
어느새 십 칠년

이젠 꿈에도
나타나질 않는다.

겨울 한 낮

기억과 기억의
행간 사이로

눈이 내린다.

산이면서
산이 아니고

들이면서 들이 아닌
겨울 한낮이

한 점
눈발 속에

띄엄 띄엄 졸고 있다.

동생
— 어느 날의 추억

형, 난 그래도
외롭지 않아

돌아갈 집이 있다는 것

나를 반갑게 맞아줄
형과 어머니가 있잖아?

형, 그래서
난 힘들지 않아

때문에

내가 너를 사랑하는 것은

네가 언젠가
내 곁을 떠나기 때문이다.

그 예감, 그 불안 때문에

네가 있어도
없는 듯이

네가 없어도 있는 듯이

너는 내 삶에
하나의 여백

너를 그리는 그 뒤안길에

한 그루
나무의 그늘로 서 있다.

빈 집

누가 살다 갔나
아무도 없는 빈 집

바람 따라 갔나
구름 따라 갔나

소꿉놀이 하던 아이들
텃밭 가꾸시던 할머니

민들레 깃털처럼
어느 하늘로 날아갔나

울타리도, 푸르던
앞마당도 그대로인데

누가 살다 갔나
누가 어디 살다 갔나

돌아오는 길

비가 내리고 있었다

자꾸만
유리창을 닦았다

닦아도 닦아도 앞을 가려

내 속에 묻어 두었던
오색 무지개 비를 맞는다

두근거리던 심장 하나
그 곳에 두고

십자가로 돌아오는데
툭, 툭

길가의 꽃잎
자꾸만 유리창을 닦았다

허공에 꽃잎 떨구고
남은
가지 하나

비가 내리고 있었다

그림자 산책

서로 들여다보고 있다

그도
나도
그것이 나의 사랑이 아닐까 하고

나도 한 때
이 거리를 흔들고 다니던 때가 있었다

누군가의 창 안을
물끄러미 바라보던 때가 있었다

어느 날 그가 저만치 서서
나를 바라보고 있다

우리는 누군가의 그림
그리고 그림자

내 그림자가 나를 바라보듯

창속의 안경 하나
그도 어느 날, 그의 그림자를

물끄러미 바라보고 있다.

안개 숲

네가 사라지면
네 몸의 뼈가 보이려나

앙상한 관절과 늑골
그걸 감싸고 있던 근육들

밤이면 한없이
부풀어 올라 있었으리

네가 사라지면
낯설은 절벽과 계곡

딱딱하게 굳어가다
어느 날
뭉턱 떨어져 나가리

풍만했던 네 숲에서
앙상했던 네 숲속에서

또 한 폭의 수묵화
안개에 스며 아득하리

허공의 벽

허공에도 벽은 있다
하늘을 나는 새들에게도 벽은 있다
살아 있음이 벽이고 허공이다
겨울을 지나 앙상한 나뭇가지에서
얼굴을 내민 여린 새싹들도
시방 저 무거운 허공을
밀어올리고 있는 중이다
온 힘 다해 그의 전 생애를 걸고
땅을 박차 일어서고 있는 중이다
초원에서 갓 태어난
누우떼 새끼들도
포식자들의 피 냄새를
온 몸으로 맞서
그의 전 생명줄
허공의 벽을 밀어 올리고 있다.
두려움 없는 생이 어디 있으랴
살아 있음이 벽이고 허공이다.

II. 헐렁한 저녁

모서리

모서리에
직선들이 모여 있다.

질주의 본능으로
달리고 달려가다

이제 돌아갈 수 없는
욕망의 블랙홀

산하를 내리닫던 노동의
고된 흔적들이 잠들어 있다

직선의 끝은 언제나
모서리

그 모서리에
가다가 구부러진

옹이들이 모여 있다

가시꽃

꽃에는 가시가 있다

노란 꽃에는 노란 가시
빨간 꽃에는 빨간 가시

가시가 깊을수록

탱자 꽃은 더욱 희고
장미 더욱 붉어지나니

꽃은 하나의 독毒

언제 찌를지 모르는
언제 터질지 모르는

꽃처럼 피어 있는 가시여

가시처럼
날 선 꽃의 향香이여

그림자에 젖다

그림자가 흰다
그림자가 그림자에다 대고
헛발질을 한다
헛발질과 헛발질들이
두 주먹 불끈 쥐고
새벽을 달려 한강을 넘어
그림자의 왕국에 진입한다.
안개는 그림자를 지우고
그림자는 안개에 묻혀
그들의 왕국을 벗어나질 못한다.
때가 오면 어디론가 사라질
한 떼의 무리들이
뻘뻘 땀 흘리며
도시의 안개 속에 젖어 있다

무죄

나는 죄가 없습니다.
나는 나의 죄를 모릅니다.
죄가 없다고 생각하는
나의 무죄가 결국
죄가 된다고 합니다.
그런 죄가 상처를 낳고
상처가 이별을 낳고
이별이 무죄가 되어
우린 한동안 죄 없는
사람이 되어 살아갑니다.
죄가 죄가 아니라
나의 무죄가 죄가 되는
그 눈부신 궤적들…
그것이 나의 사랑이라고
그것이 나의 무죄라고
그녀의 여섯 날개[翡]를
나의 호주머니 속에 깊숙이

그물[罟]쳐 놓고
거리를 활보하던
나는 죄[罪]가 없어요.
그래서 나는 나도 모르는
무죄의 죄인이랍니다.

다린다

밀고 밀어낸다
숨죽인 칼날

북한군들의 늠름한 열병식
척척 손과 발 걷어 올리듯

이리 늘리고 저리 밀어
줄을 맞춘 침묵의 광장

한 올 한 올 단지 속에서
사라져 간 하얀 숨결……

뉴타운에 밀려 쫓겨난
철거민의 아이들

계엄령으로 숨죽인
우리의 긴 겨울밤이다.

밀고 당기고 자르고
구부려, 휘어진

긴 그림자 줄 세워 다린다.

거울

너를 끌어안는다.

몸을 틀어 밖을 내다보지만
어느 것 하나 건져 올리지 못한다.

너에게 무엇을 원하거나
판단하지 않기로 한다.

꽃이 피면 꽃이 피는 대로
꽃이 지면 꽃이 지는 대로

그저 바라보기로 한다.

항시 차[滿] 있으면서도
끝내 너에게 닿을 수 없어

너를 붙잡던 그때 그 불꽃
기억 너머로 사라져 가는 사이

홀로 사는 노인네처럼

간간이 밖을
내다보는 거울 하나 있다.

모래 도시

부서지고
또 부서지리라

모이고 쌓여 뭉쳐 있다가
구름이 구름에 스며들듯

웅덩이에 고인 하늘
사라지듯

무수했던 나
촘촘했던 너와 나

또 하나의 왕국이
흩어지리라

레일 위의
장난감 기차처럼

그늘

딛고 오르다
그만 얼룩이 되었다

더 이상
다치지 않기 위해

양지에서 내려
그림자가 되었다.

지워도 지워지지 않고
밟아도 밟히지 않는

변방의 유민

어찌할 수 없어
허공을 안고

서늘한
그늘로 살아 있다

빗장

가느다랗게 걸려 있다

한 치의
문틈 사이로

방 안의 불빛과
밖의 어둠

단호하게 걸어 잠그고 있다

조금만 열어도 불빛이
와르르

쏟아져 나올 것만 같은데

무엇이 저토록
안과 밖을

망설이고 있는 것일까?

그림자의 노래

닦고 닦으리라

틈틈이 안경을 닦아
세상을 바라보듯

때때로 어두워진
그림자

무엇으로 닦아

강물에 달그림자 드리우듯
너를 만나리.

'그' 나무

너를 보내고
나무 한 그루 심었다

너를 잊기로 하고
나무 한 그루 심기로 했다

웃던 날을 뒤로 하고
나의 팔 한 토막을 잘라

1인칭과 2인칭 사이에
'그' 라는 나무

한 그루 심기로 했다

들물과 날물
엉켜 있던 밤이 오고 간 뒤

'너' 와 '나' 를 자른
부재의 공간에

'그' 라는 나무 한 그루
심기로 했다

헐렁한 저녁

산수유꽃이
담을 넘는 날이면

나는 항용
막다른 골목의 아이가 되어
내 뜨거운 젊음을 뒤척이곤 하였다

수많은 날들이
잊혀진 날들이

먼 신기루의 이야기처럼
산을 넘고 또 바다를 넘었다

그리 않은 일도
팽팽하던 하루하루의 손
놓아 본 일도 없는데

향香지고
주름져 헐렁한 저녁

그림자 하나
빈 방을 탈색하며 봄을 맞는다.

Ⅲ. 유심流心

직선

한 가닥
침묵 속에

길게 잠든

저, 수많은 곡선의
함성들

휘어져 있구나.

간격

누가 비워 놓았을까
너와 나의 사이
피할 수 없어
우린 하나의 허공이 되었다.
조금 넓거나 좁거나
그 사이로
바람이 들랑거리고
간간이 하늘이 내려와
새들이 날아오르기도 한다.
쓰러지지 않기 위해
서로 다치지 않기 위해
몸을 움츠려 하나의
여백이 되었다.
그 틈 사이에서
경계를 허문
긴 수염의 나무 하나
밤이면 우주와 교신을 한다.

독방

내 이야기를 하느라
그를 보지 못한다.

그의 이야기를 들으면서도
그가 튕겨져 나간다.

나의 느낌
나의 철학으로
그의 이야기를 헤아려 보니

나와 같지 않은 그의 모습이
이만큼 오다가
그가 보이지 않는다.

보여주고 싶은
나의 이야기가 먼저 나와

그도 없는 빈 방에
홀로 흩어져 있다.

뒤꼍

기다림은 언제나
그보다 앞서 가 있다
기다리던 너는 오지 않고
남은 그리움마저
머물려 하지 않는다
너를 모르던 시절
너는 먼저 떠나지 않았고
너를 알게 되면서부터
너는 내 곁을 떠나
돌아오지 않고 있다.
기다림과 그리움을 번갈아
그늘이 지고 계절이 오가는 사이
어제와 오늘이 다르지 않는데
이 곳에 남겨진 나는
어제와 달라
네가 놓고 간 뒤꼍의
그늘을 태운다.

부활

기다림에는 내일이 없다

어제의 그를 보내고
오늘의 나를 살아가는 일이다.

어제의 기다림을 잊고
오늘의 이 갈림길에서

시로 남아 살아가는 일이다.

굳어 있던 부리와
발톱을 부숴

남은 생을 이어가는
독수리처럼

어제의 나를 부숴
오늘의 나를 견뎌내는 일이다.

탓하지 마라

잠시 서 있던 그림자
지나갔을 뿐이다

가는 그림자
오는 그림자
그냥 왔다 가도록 내 버려 두어라

새삼, 잡을 것도
막을 것도 없나니

그가 왔다 가더라도
산은 산대로
강은 강대로

제 길 찾아 흘러가나니
흔들리지 마라

길가에 풀포기
하늘에 떠 있던 해와 달

지나가던 구름
언제 한 번이라도
탓해보던 일 있다하더냐.

선물

오는 곳도 모르고
가는 곳도 모르지만

내가 이 세상에 남기고
갈 수 있는 일이란

그때 누군가에게
'나쁘지 않은 일'을 하는 것

그게 보이지 않더라도
그게 사소한 일일지라도

그것만이
지금 이 순간 내가
너에게 줄 수 있는

아니, 내가
나에게 줄 수 있는
유일한 선물

그게 아무리
작은 일일지라도

그게 아무리
사소한 일일지라도

인연

마음에 늘 걸려 있던
삼촌이 있었는데

어느 날 그 삼촌의
부음訃音을 안고

역시 오랫동안 보이지 않던
사촌 동생 학구學九*가 나타났다.

삼촌을 찾아 달라
유언을 남기시던

할머니 얼굴이 떠올랐다.

* 학구 : 삼촌의 유일한 피붙이.

허공의 힘

한 때 아름다운
향香이었으나

허공 속으로
사라진 그림자

그 적요의
뒤를 좇다, 이제

해[日]와
달[月]을 밀어 올린

그 허공의 힘을 본다.

유심流心

일찍이 나는 거기에 없었네.

네가 오기 전에도
네가 떠난 후에도

너와 함께 했던 시간
거기에 있던 나는 없고

네가 나를 생각하는
내가 너를 생각하는

그 마음만 잠시 그때
거기에 있었네.

우리의 사랑도 흐르고 흘러
물처럼 흐르고 흘러

아무도 나를
쳐다 보지 않는 사이

나는 거기에 있었네.
나는 거기에 없었네.

심장

당신이 물려주신
동그란 주머니

첫사랑 여인을 만나
뜨거웠던 그 밤도

세상을 등지고
손을 놓던 그 날도

어디선가 들려오던
당신의 숨결

아직도 이 가슴 속에
동그랗게 살아

팔닥 팔닥 숨을 쉬고 있는

당신이 주고 가신
마지막 탯줄

내 영혼의 작은 방

물길

흐르라 한다

마음 한 자락
그마저 흐르라 한다

때로는 졸졸
때로는 출렁 출렁

누가 소리 없이 흘러가는
물이라 하였는가

흔적 없이
흘러가는 물이라 하였는가

흐르는 물
물에도 뼈가 있는지

그래도 그 자리에
꽃 피고 흔적 남는다.

여여如如

길 건너 전신주
늘 그대로이다.

비에 젖어
추레하게 서서

오는 비 다 맞으며

세상은 나같이
사는 거라고

한 세월 골목에서
그냥 산다.

IV. 그냥 바라보자

탯줄

배가 부를수록
무거워지더니

낳아 놓으니
더 무거워진다.

분명 끊었는데도

끊어진 탯줄 사이로
고랑 하나

아직
깊게 패어 있다.

설일雪日

간밤에 눈이 내렸다.

나뭇가지에도
가난한 이의 지붕 위에도

하늘이 곳간을 열어
눈이 내리는 날이면

앞산과 들녘도
먼저 일어나 아침을 맞았다.

먹이를 찾던 까치들도
길가의 나무들도

이른 아침부터
머리를 조아리고

하얀 설국雪國의
순한 백성들이 되었다.

어머니
— 작은 나

당신은 보이지 않는다
보이지 않지만
어느 날엔
꽃이 되어 피어나기도 하고
또 어느 날엔
그리운 날의 길이 되기도 한다
냄새를 맡을 수도
안아 볼 수도 없지만
보이지 않기에
그리워할 수밖에 없고
보이지 않기에
이렇게 당신의 모습을
흉내 내며 느낄 수밖에 없는
텅 빈 그 품에 안겨
어느새 함께
숨을 쉬고 있는
당신의 작은 나를 본다.

슬픈 눈

나는
너를 원하지 않았다.

다만 욕망할 뿐

그래서 꼭
네가 아니라도 좋았다.

그런 눈빛, 그런 어깨와 목선으로

그 자리에
그렇게 앉아만 있다면

그뿐,
그게 나의 욕망이다.

욕망을 욕망할 뿐
그 무엇에도

매달리지 않는다.

너를 넘어
네 너머에 존재하는

내 영혼의 슬픈 눈

누나

고향에는
어머니를 닮은 누님이 계신다.

가진 게 별로 없어도
늘 넉넉하신 누님

어머니가 그리운 날에는
누님을 생각한다.

얼굴빛이 덤덤하고
학교 공부를 그리 못했어도

나보다 도량이 크고
활달한 것도
꼭 어머니를 닮았다.

지금도 나보다 먼저
나를 챙겨 주시는 누님

아무리 배워도
따라 갈 수 없고

아무리 깨쳐도
끝내, 가 닿지 못할 것 같은

시골에 홀로 사시는 누님

먼저 돌아가신
어머니 생각이 난다. 비로소 당신은 내 작은

그리움의
한 조각이 될 것입니다.

허풍집

마음이 시키는 대로
그랬을 뿐인데……

무슨 신바람이라도 나듯

그러다가도 마음에 들지 않아
세상 밖으로 몸이 기울 때가 있다.

어디엔가 좀 닿고 싶어
그리 소리 한 번 쳐 보았을 뿐인데

쓸쓸한 내가
쓸쓸한 나에게 무슨 보상이라도 하듯

그리 한 번
출렁거려 보았을 뿐인데

집으로 돌아오는 날

그런 나를
더 이상 보아줄 수 없다는 듯이

빈 집에 불 켜두고
아내 눈 흘긴다.

낙화

꽃 한 송이 툭 떨어집니다
참 허망하지요
그렇다고 그게 어디
바람의 탓이라고만 하겠습니까?
바람이 불지 않아도
시절이 다하면
스스로 지고 마나니
철따라 피었다 지고 마는
아, 만상에 존재하는
뭇 꽃들이여
그것을 지키려 애쓰지 마라
지는 꽃은 지는 꽃대로
피는 꽃은 피는 꽃대로
너와 나
이쯤의 거리에서
그저 두고 바라볼 일이로다
꽃은 져도
향香 남고 씨는 남아

꽃 피고 다시 열매 맺게 되나니
한 송이 꽃이 어디에서
또 지기로소니
그게 어찌
바람의 탓이리오
바람의 탓이라고만 하리오.

그립다는 것

그립다고 하는 것
그건 당신이 아닙니다.

당신은 이미 내 안에 없기에
고요합니다.

때때로 당신이 먼저
다가오더라도

이제 내 안에
그리운 당신은 없습니다.

당신이 그리운 날은
당신을 생각하는 날이 될 것입니다.

내 안에서 내가 먼저
당신을 찾아 나설 때

비로소 당신은 내 작은

그리움의
한 조각이 될 것입니다.

당신이 보고 싶은 날이면

당신이 보고 싶은 날이면
당신을 떠나갑니다.

당신에게 다가서고 싶을 때마다
한 발씩 더 물러납니다.

당신을 향한
나의 마음 한 자락을 다시 꺼내 들고

그게 얼마나 간절한 것인지?

이러한 나의 마음을
천지신명께서
얼마나 어여삐 여겨 주실 것인지

당신이 보고 싶은 날이면
한 발 더 물러나 당신을 봅니다.

언덕에서

오랜만에 그가 멀리 보였다.
그리고 창밖을 보니
지나가는 차車도
그냥 지나가고
다가오는 차車도
그냥 지나간다.
잠시 그곳에서 나는
타인他人이었다.
그런데도 그간 어떤
의미를 하나 만들어 붙들고
그리 오랜 시간을 보낸 것이다.
지나고 보면 다 지나가고
지나가는 어제일 뿐인데
오고 감 속에서
오고 감을 놓쳐 헤매던
언덕에서
서로가 서로를 스친
그림자 하나 서 있다.

그냥 바라보자

그냥 바라보자
물들지 말고

바라보고 있다 보면
모든 것은 그냥 지나간다

너를 세우려 하지도 마라

흘러가는 대로
거기에 너를 맡기다 보면

흘러감 속에서
스스로 길이 생겨나게 되나니

오, 내 속에 아직도 맞서 있는
두 마음이여

괴로워하지 마라
결국 순리대로 될지어니

그것은 그것대로
너는 너대로, 다만

오늘, 네가 가고 싶은
그 길을 가면 그뿐 ─

흘러
— Inter being

너와 나 사이에
무엇이 남아 있을까

무엇이 남아
어제와 오늘 흘러가면서

보이지 않는 그들
어디에 가고

오늘의 나만
여기에 가고 있는 것일까

나는 이미
어제의 나도 아니고

그렇다고, 내일의 나도
아직 아닌데

그것들이 나를 싣고
지금 어디로

흘러 가고 있는 것일까

사라지는 것들

사라지는 것들의
그 뒤에 누가 살아

나에게
눈길을 보내고 있는 것일까

바다로 머리를 처박고
죽은 붉은 해[日]

노을만 남기고
아직도 어디에 살아

나에게
눈길 보내고 있는 것일까

V. 가을 나무

장승 1

어둠 속에서도
든든한 얼굴이고 싶다.

산처럼 든든한 얼굴

천 년 세한풍에
귀면鬼面이 다 되어도

숨결 하나 흐트러짐 없는
온전한 그대로의 얼굴

장승 2

세월이여
바늘처럼 아픈 세월이여

내 너를 갈아
영원永遠을 꿈꾸노니

우리 훗날 저
저승길에 가서라도

그대 사는 마을 앞에
우뚝 서 끝내

꿈꾸어도
노래하지 않는

하나의 장승이 되리라.

사공沙工

앞을 보아도
오는 이 없고

뒤를 보아도 가는 이 없는데

뉘를 기다려
오늘도 강가에 나왔느뇨?

천지간에 봄은 저리 붉어
피고 지는데

강은 깊어 소리가 없고
하늘은 멀어

너 가는 길 알 수 없구나.

나의 사랑

사랑은
흘러가는 것이다.
흘러 가는대로
흘러가는 것이다
흘러가는 대로 흘러가다 보면
마음속에 남아 있던 서러움
섭섭한 갈래들도
사그라져
어느 날
미운 자식 안아 주듯
그렇게 안타깝고
측은하게 사그라져
들녘을 스쳐가는 바람처럼
그가 없어도 이제
이렇게 일어설 수 있는
눈부신 나날
나의 사랑이여

그냥 가거라

집착하지 마라
기대하지도 마라

사랑이
근심이 되고

미움이 상처가 되나니

머물다 가는
구름처럼

지저귀다
날아가는 산새처럼

머물다
흩어지고

앉아 있다 그냥 가거라.

침針을 맞다

시詩가 오지 않는 날
나는 항용 시를 잊고 있었으리.

저잣거리를 어슬렁거리던
방만의 흔적 애써 지우고 있었으리.

물소리 바람소리
정갈한 그들의 소리 듣지 못하고

세상에 기울고 막힌
내 혈맥에 침을 놓는다.

아, 몰래 터져 나오는
신음 소리

그 부끄런 어둠의 경혈에
침針이 꽂힌다.

시가 오지 않는 날
나는 항용 시와 멀어져 있었으리.

아귀처럼 떨치지 못했던
탐욕의 경로마다

정문일침
참회의 침鍼이 하얗게 떨고 있다.

풀잎

풀잎은
상하지 않는다.

다만 다칠 뿐이다.

다치고 밟혀도
다시 일어나 살아 있다.

한들한들 부드러운 입술로
흙을 뚫고 돌을 밀어 올려

버려지고
잊혀진 땅에서도

풀처럼 푸르게 살아
하늘을 본다.

생야生也

돌고 돌다보니 이 자리가 그 자리인가
이 자리 저 자리 높고도 낮더니만
이곳도 저곳도 아닌 이 자리가 그 자리인가

왔다가 가고 갔다가 또 오고
이리 생生하고 저리 멸滅하거늘
무엇에 그리 매달려 한 시절 헤맸던고

파도가 사라져 바다로 돌아가듯
너 또 가고 나면 내게 무어 남을 건가
흩어진 구름 한 조각 그 너머 또 어디인고

허방

허방은 없었다
서둘러 가야할 길만이 있었다

길 따라 세월이 엮이고
엮인 세월에 또 내가 묶이면서

먼 길을 걸어 예까지 와 있다

돌아보면
길 아닌 길 아니 없었고

외줄 아닌 삶이 없었거늘

아, 무엇이었기에
진정 무엇이었기에

지나온 길 다 어디 가고
낯선 길가에 다시 서 있나

가을 나무

나무들은
가을에 왜 잎을 떨구는지?

새들은 나뭇가지에
왜, 앉았다 떠나는지?

잎을 떨구어
가벼워진 가을 나무여

네가 떠나
흔들리다 가라앉은

가을 나무여

못
― 아내

아내는 벽걸이다
아니 벽에 걸린 못이다

벽에 목을 걸고
잠을 자다가도
길을 가다가도

에미보다 먼저 일어나고
애비보다 먼저 달려간다

벽에 걸려
오도 가도 못하는 아내는
밤낮이 없는 비상대기조

그래도, 주렁 주렁
자식들을 목에 걸고
그 뒤를 잘도 따르다

벽에 걸려 이제
휘고 가늘어진 아내의 목

광장 1

광장에는 주인이 없다.
하늘이 곧 주인이다.

누구도 그의 앞을 가로 막거나
그의 햇살을 밀어낼 수는 없다.

비어 있는 광장은
비어 있는 그대로 우리를 맞는다.

비어 있기에
열려 있기에

언제든 무엇이 될 수 있고
언제든 마음 편히 떠날 수 있는

광장은 그래서
넉넉한 대지의 품이 된다.

광장 2

비어 있어도
가득 차오른 가슴

다가오는 바람에게
길을 내어 주고

솟구치다
미끄러져 내린 그림자마저

그대로 안아준
너는 태고의 성지

살아 있는 것들과
살아 있어야 할 것들이

서로 살아 숨을 쉬는

광장은 그래서
우리의 숨결이 된다.

우주론적 '그림者'의 세계 포옹
— 실체와 허상을 넘어선 제3의 존재론을 위하여

나민애 | 문학평론가

1. 다시 시작始作되는 시작詩作에 대하여

과거, 김동수 시인은 서정의 세계에 침윤하였던 적이 있다. 뿐일까. 인생의 파토스에 주목하던 때가 있었으며, 물아일체의 동양적이고 선적인 세계에 몸을 씻은 바도 있었다. 노련과 원로의 칭호는 과거와 경력의 누적 없이는 주어지지 않는다. 이 시인의 역사歷史 역시 축적되고 변모하여 지금의 이언 김동수의 시세계에 이르렀다. 여기서 '누적'이라든가 '변모'라는 말은, 시인 김동수의 오늘날 서정이 서정 단일의 것이 아님을 뜻한다. 더불어, 그가 쓴 오늘의 시는 어제의 시와 다르며 오늘의 교융交融은 지난날의 대오大悟와 또 다르다. 상징적으로 말해 시집 『그림자 산책』에서 시인의 시작(詩作/始作)은 다시 시작(始作/詩作)되었다.

김동수 시인의 작품에서는 지성적 풍모와 철학적 사유 방식이 감지된다. 그는 시대적으로 보았을 때 분명 근대시의 아들이며, 중세적 가치관에 대한 경도나 한학의 경험을 크게 강조하지 않았다. 그렇지만 시로 유추할 수 있는 시인의 실루엣은 문·사·철을 고루 갖춘 문사의 풍모를 연상시킨다. 특히 작품이 보여주는 진지한 고뇌, 중후한 시어, 모색과 사색의 시간, 세계의 철학적 탐색은 모더니스트의 그것과는 분명히 다르고, 오히려 전통적 태도에 가깝다. 그 중에서도 정서 중심과 자연 찬미의 계열보다는, 과거 신석초가 탐구했고 조지훈이 발전시켰던 지성적 문학의 계보에 놓여 있다고 볼 수 있다.

그런데 작품들의 면면을 살펴보다 보면 이와는 전연 다른, 선적이며 우주적이고 범신론적인 향취가 뿜어 나옴을 발견하게 된다. 이 시집에서 가장 뛰어난 작품들을 읽는 중에는 시인의 영혼이 광활한 대지를 따라 확산되고 시인의 눈빛이 우주의 별빛을 따라 확대됨을 확인하게 된다. 과연 고전적인 지성의 사유와 범신론적이며 우주적인 태도가 공존하는 것은 가능할까. 누구도 함부로 '가능하다'고 말하지 못했던 것에 대해 김동수 시인은 강한 어조로 긍정하고 있는 듯하다. 특히 그의 이번 시집은 마치 그 공존의 가능성을 증명하는 것처럼 보인다. 즉 지적인 사유와 우주적인 상상력의 결합을 동시에 긍정하고 있는 것이다.

그러므로 『그림자 산책』을 읽을 때는 이 양자의 어느 것도 택일하지 않아야, 양자의 어느 것도 잊지 말아야 할 필요가 있다. 깊이를 추구하는 철학적 사유와 확대를 전제로 하는 우주적 사유, 이 양자의 결합은 이번 시집의 특징이자 장점이기 때문이다.

2. '산책者'의 일 ─눈을 감아야 보이는 세계를 걷다

시집 『그림자 산책』은 사색과 우주의 조화라는 주제 위에 놓여 있다. 무릇 사색하는 자의 내면은 얼마나 거대한가. 그 안에서는 한 세계가 만들어지기도 하고 허물어지기도 한다. 또한 우주라는 자연의 세계 역시 얼마나 거대한가. 인류의 힘으로는 어찌할 수 없을 만큼 우주는 오묘하며 광대하고 오래되었다. 그러니까 이 두 거대한 세계가 하나의 시집 안에서 공존한다는 점은 시집을 이해하는 몇 가지 단서를 제공한다. 한 거대한 세계와

다른 거대한 세계가 이 시집 안에 공존하기 위해서는 공존을 위한 충돌과 '길항'의 에너지가 필연적으로 강렬하리라 예상할 수 있다. 실제로 시인은 〈시인의 말〉을 통해 "자연의 섭리에 따른 순응과 인위적 유위有爲, 이 두 틈바구니에서 발생된 실존적 길항"이 이번 시집이라고 밝히고 있다.

여기서 시인이 '자연'이라고 말한 것에 주목하자. 그것은 시인으로 하여금 시를 쓰게 한 출발점이며 시인의 정신이 노니는 사유의 들판이고 이 시집의 배경 화면이다. 그것은 시인을 괴롭히는 원인이고, 시인을 성장시킨 양분이었으며, 시인으로 하여금 문학의 길을 떠나게 한 원천이었다. 이렇게 말한대서 그를 풍월을 노래하는 한 자연인으로 이해한다면 곤란하다. 보다 정확히 말해서 김동수 시인은 자연을 따라 걷는 순응자가 아니라, 자연에 물음표와 느낌표를 던져서 그것과 자신의 영혼을 두드리는 자에 가깝기 때문이다. 그의 세계에서 자연은 미학의 대상이 아니라 탐색의 대상인 것이다.

우리를 둘러싼 세계와 역사와 우주는 거대할 뿐만 아니라 너무나도 냉정하다. 아무리 애원해도 역사는 멈춰지지 않으며 아무리 희망해도 세계는 우리가 원하는 대로 쉽게 변해지질 않는다. 그것은 거대한 강물과 같아서 한 눈에 파악되지도 않고 그저 제 방식대로만 흘러간다. 작은 개인은 그 강물에 거스를 수 없이 스러지기만 할 뿐이다. 여기서 주목해야 할 점은 거대한 자연의 정체성 앞에 비로소 시인의 정체성이 당당하게 성립되어 있다는 것이다.

김동수 시인은 자연의 변화 불가능성과 파악 불가능성에 대해 의문을 지니고 있다. 그는 포착되기를 거부하는 자연의 세계를 포착하려고 한다. 그 안에는 단단한 진리와 영혼의 진실과 같은 보석들이 담겨 있다고 믿는다. 스스로 가치를 찾는 자가 되어, 그저 스러지지 않을 한 존재의 위대함과 존재를 스스로 증명하려고 하는 것이다. 이렇듯 저 멀리 있는 미지의

자연과 그것을 파악하려는 시인과의 길항은 이 시집을 독자적인 의미로
채우고 있다.

> 네가 사라지면
> 네 몸의 뼈가 보이려나
>
> 앙상한 관절과 늑골
> 그걸 감싸고 있던 근육들
>
> 밤이면 한없이
> 부풀어 올라 있었으리
>
> 네가 사라지면
> 낯설은 절벽과 계곡
>
> 딱딱하게 굳어가다
> 어느 날
> 뭉턱 떨어져 나가리
>
> 풍만했던 네 숲에서
> 앙상했던 네 숲속에서
>
> 또 한 폭의 수묵화
> 안개에 스며 아득하리
>
> ─「안개 숲」 전문

이 시는 매끄럽고 촉촉하다. 감각적인 표현과 인상적인 포착이 '안개' 라든가 '수묵화' 라는 시어와 어울려 작품을 몽환적이고 매력적으로 만들고 있다. 숲을 사람의 신체로 은유한 상상력이 강렬한데, 이 작품의 미학적 측면보다 주목해야 할 것은 이 시에서 보이는 시인의 작품 원리에 있다.

시 「안개 숲」은 가시성의 범주를 초월하여, 보이지 않는 것을 보려는 김동수 시인의 특징을 잘 보여주고 있다. 원래 안개로 둘러싸여 있는 한 숲은 두렵기 마련이다. 그 내부가 잘 보이지 않기 때문이다. 보이지 않는다는 것은 곧 알지 못한다는 것과 같다. 그런데 시인은 시적 상상력 속에서 안개를 걷어내고 가려져 있는 숲의 핵심을 본다. 숲이 품고 있는 절벽과 계곡을 보고 존재가 지닌 관절과 늑골과 근육을 보고자 한다. 여기서 '본다' 는 것은 숨겨졌던 의미의 빗장을 푼다는 말이고 또한 미지의 것을 지의 대상으로 바꾼다는 말이다. 이 부분, 즉 세계가 쉽게 내주지 않는 뼈와 내부의 기관들을 보는 장면에서 시인과 세계의 팽팽한 대결감이 형성되어 있다. 시적 포착 과정을 거치면서 숲은 해체되어 앙상해지기도 하고 다시 풍만해지기도 한다. 이러한 마법적인 수순을 거친 후 시의 말미에서 시인은 안개를 다시 숲에 되돌려 준다. 숲의 진실을 알게 된 후 다시 바라본 '안개 숲' 은 한 폭의 수묵화처럼 아름답다. 시인은 숲의 의미를 온전히 이해하게 된 것이다. 물론 안개 숲에의 도전과 파악을 통해서는 숲의 의미만이 획득되는 것은 아니다. 이 과정을 통해서는 세계 내 존재로서의 시인 역시 자신의 의미와 좌표를 단단히 할 수 있다. 보이지 않던 의미의 드러냄이 숲을 살리고, 시인을 살리고, 세계와 자아를 살리는 것이다.

이와 같이 김동수 시인은 실체를 파악하고, 의미를 캐는 일에 몰두한다. 시적 파악과 몰두는 이번 시집에서 주요하게 실천되고 있는 방법론에 해당한다. 이때 간과할 수 없는 것은, 자연의 숨겨진 의미를 파악하려는 도전이란 항상 어려움을 동반한다는 점이다. 왜냐하면 시인 앞에 놓여 있는 대상, 존재, 세계, 의미 등등은 참으로 난해한 것이기 때문이다. 난해한 과제 앞에서 시인은 때로 막막하고 때로 지치기도 했을 것이다. 그럼에도 불구하고 시인은 가장 난해한 과제를 외면하지 않았다. 난해한 세계의 문제에 도전하는 그의 정신은 다음 작품에서 확인할 수 있다. 시인은 '허공'과 같이 있다고도 할 수 없고 없다고도 할 수 없는, 이런 비가시적인 대상에 대해서는 더욱 외면하지 않았다.

> 허공에도 벽은 있다
> 하늘을 나는 새들에게도 벽은 있다
> 살아 있음이 벽이고 허공이다
> 겨울을 지나 앙상한 나뭇가지에서
> 얼굴을 내민 여린 새싹들도
> 시방 저 무거운 허공을
> 밀어올리고 있는 중이다
> 온 힘 다해 그의 전 생애를 걸고
> 땅을 박차 일어서고 있는 중이다
> 초원에서 갓 태어난
> 누우떼 새끼들도
> 포식자들의 피 냄새를
> 온 몸으로 맞서
> 그의 전 생명줄
> 허공의 벽을 밀어 올리고 있다.
> 두려움 없는 생이 어디 있으랴
> 살아 있음이 벽이고 허공이다.
>
> ―「허공의 벽」 전문

시인이 탐색하려는 세계란, 때로는 난공불락의 요새와도 같다. 세계는 의미를 지니고 있으나 대답하지 않으며 사람들은 보려 하나 쉽게 알 수 없다. 그 어려움을 시 「허공의 벽」은 성공적으로 극복하고 있다.

'허공'이란 것은 분명 세계의 일부이다. 그럼에도 불구하고 허공의 육성을 듣고 허공을 만지고 허공을 보기란 얼마나 힘든 일인가. 하지만 알기 어렵다고 해서 그것이 없다고도 말할 수 없는 일이다. 이렇게 보이지 않는 대상을 보려는 시인의 시도는 반反근대적인, 또는 역逆근대적인 비판성을 내재하고 있다. 근대를 사는 사람들을 화려하고 요란한 스펙터클과 판타지로 안내한 것은 다름 아닌 시각성이었다. 물신과 네온사인, 겉이 번지르르한 외관의 문명은 사람들로 하여금 욕망의 노예가 되도록 부추겼다. 이렇듯 보이는 것을 좇다 보니, 보이지 않는 것에는 더욱 무지해진 것이 사실이다. 시인은 이러한 가시성의 현혹에 대해 비판적으로 사유한다. 그는 보이는 것에 얽매이지 않고, 오히려 보이지 않는 세계의 의미들을 발굴하며 시의 정원을 꾸며 나가고자 한다. 따라서 시 「허공의 벽」은 허공과 새와 새싹의 이야기로만 읽지 말고 가시성과 비가시성, 나아가 진지한 사유의 회복에 대한 이야기로 읽을 필요가 있다.

구체적으로 시인은 「허공의 벽」에서 우리가 보지 못했던 '허공'을 일종의 '벽'으로 드러내고자 한다. 새들이 창공을 날아갈 때는 허공을 벽삼아 날고, 새싹이 자라날 때는 허공을 밀어 올리며 키를 높인다는 것이다. 이러한 비가시적 의미를 보고 나서 시인은 말한다. 생 그 자체가 허공이고 벽이라고 말이다. 이러한 귀결은 결코 보이는 것을 보는 자의 입장에서 나올 수 없다.

여기서 우리는 이 시집의 제목인 '그림자 산책'이라는 표현을 다시 음미할 필요가 있다. '산책'이라는 단어는 종종 벤야민적인 도시의 '산책자'를 떠올리게 하지만, 시인의 의도는 근대 문명에 국한되어 있지 않다.

김동수 시인의 산책은 도시인의 산책보다는 우주적 산책, 즉 명상과 자기 회복의 산책에 가깝다. 즉 이 시집에서의 '산책'이란 일종의 방법론이다. 보다 구체적으로 말해서 산책자로서의 시인의 정체성은 눈을 감아야 보이는 세계 걷기에 바쳐져 있다. 비가시적인 세계를 감각하면서 자기 존재의 의미를 찾는 것이 바로 이 시집이 지닌 산책의 의미인 것이다.

3. '그림者'의 일 —실존적 깊이와 너비를 가시화하다

산책의 행위란 시인이 세계를 사는 방법 내지 시를 쓰는 과정 자체를 은유하고 있다. 나아가 산책은 시집의 분위기를 좌우하는 중요한 키워드가 되어 준다. 시집을 읽으면서 이 산책자는 대체 어떻게 생긴 자일까, 그가 걷는 길은 어디로 향해 있을까 상상해 보는 것은 독서의 즐거움을 안겨줄 것이다. 참 흥미로웠던 점은 시인이 제시한 산책자의 형상이 생각보다 훨씬 키가 크고, 훨씬 덩치가 크고, 훨씬 육중한 자였다는 것이다. 비유하자면, 시인의 산책은 광활한 지역을 넘나드는 거인의 걸음걸이를 닮아 있다. 그리고 그 덕분에 시집의 전체적 분위기 역시 웅장해질 수 있었다.

> 사라지는 것들의
> 뒤에 누가 살아
>
> 나에게
> 눈길을 보내고 있는 것일까
>
> 바다로 머리를 처박고
> 죽은 붉은 해[日]

노을만 남기고
아직도 어디에 살아

나에게
눈길을 보내고 있는 것일까
　　　　　　　　─「사라지는 것들」 전문

　인용된 시 「사라지는 것들」은 산책자 시인의 광활함을 증명하고 있다.
여기서 사유하는 대상의 범주가 넓을 뿐만 아니라 대상에 임하는 화자의
자세 역시 크고 늠름하다. 마치 유치환이 일월을 외칠 때, 니체가 높은 곳
에 오르는 초인을 말할 때, 카뮈가 시지푸스의 위대함을 말할 때와 같이
강인하고 굵은 어조가 특징적이다. 그런데 시인은 왜 이렇게 큰 화자로서
등장하게 되는 것일까. 그에게는 거인의 걸음걸이와 시야와 목청이 왜 깃
들게 된 것일까 궁금하지 않을 수 없다.
　그 궁금증은 시인의 문학 세계에 대한 이해로 이어진다. 시인은 항구한
자연의 영원한 의미에 질문을 던지는 자이다. 이 질문 자체가 매우 크다.
다시 말해서 그가 문학의 대상으로 삼고 있는 문제의식 자체가 거대하다.
때문에 이 문제의식을 품고 있는 자 역시 자연의 크기만큼이나 스스로 성
장하고자 했을 것이다. 시 「사라지는 것들」에 등장하는 화자 '나'는 '사
라지는 것들'이 실상은 사라지지 않고 존재하고 있음을 직감하고 있다.
이것은 앞서 말한 비가시성의 포착이라는, 이 시집의 고유한 주제로 이해
할 수 있다. 특히 이 작품에서의 비가시성은 '해'와 '노을'이라는 거대한
자연 현상을 통해 드러난다. 요약하자면 김동수 시인은 '비가시성의 가
시화'라는 문제에 천착하여 우주와 영혼과 존재에 대한 문학화를 시도하

고 있는 것이다.

'비가시성의 가시화'라는 시적 주제는 일견 모순적으로 보일 수도 있다. 전혀 불가능한 것이라 생각될 수도 있다. 그러나 시인은 산책자에 이어 '그림자'의 표상을 통해 그 모순과 불가능을 극복하고자 한다. 이번 시집에서 시인이 특히 사랑한 주체의 형식은 산책자와 더불어 '그림자'이다. 그림자는 무엇인가. 그것은 실체인가. 아니다. 그렇다면 실체가 못 된 그림자는 헛된가. 아니다. 그림자는 미달도 부족도 아니고, 그 자체로의 의미를 지니고 있다. 그것은 있기도 한 것이며 없기도 한 것이다. 그것은 있음과 없음의 경계이며 넘나드는 자이다. 김동수 시인이 말하는 그림자란, 빛과 실체의 농간에 의해 좌우되는 수동적인 존재가 아니다. 『그림자 산책』에서의 그림자란, '그림—者'라는 주체로서 이해될 수 있는 존재이다.

> 서로 들여다보고 있다
>
> 그도
> 나도
> 그것이 나의 사랑이 아닐까 하고
>
> 나도 한 때
> 이 거리를 흔들고 다니던 때가 있었다
>
> 누군가의 창 안을
> 물끄러미 바라보던 때가 있었다

어느 날 그가 저만치 서서
나를 바라보고 있다

우리는 누군가의 그림
그리고 그림자

내 그림자가 나를 바라보듯

창속의 안경 하나
그도 어느 날, 그의 그림자를

물끄러미 바라보고 있다.
　　　　　　　　　―「그림자 산책」전문

　그림자처럼, 우리 인간 역시 경계에 선 존재라는 깨달음이 이 작품에 전면적으로 강조되어 있다. 어둠의 입장에서 밝음을 바라보는 자 역시 그림자이고, 밝음의 입장에서 어둠을 바라보는 자 역시 그림자이다. 부정적으로 생각한다면 그림자는 사이에 낀 존재일 뿐이지만, 다시 생각해보면 그림자는 이쪽도 저쪽도 가능한 가능성의 아이콘일 수도 있다. 그림자를 새롭게 해석한 이 작품에서 특히 주목해야 할 구절은 "우리는 누군가의 그림/ 그리고 그림자"라는 연에 있다. 어둠과 밝음, 존재와 의미, 세계와 자아가 그린 일종의 그림으로서 우리는 존재한다. 물론, 그림 그려진 존재는 응당 수동적인 존재일 수밖에 없다. 모든 존재가 세상에 나오기를 자발적으로 선택하지 못하고 선험적으로 등장한 것부터 수동적인 운명을 지닌 것이다. 그러나 수동적인 존재가 끝까지 수동적인 것은 아니다. 누군가

그린 그림이 '그림의 者', 내지 '그림된 者'로서 스스로를 자각하는 순간 그 수동적인 존재는 능동적인 존재로 부활할 수 있다.

　이런 사고의 전환은 세계에 대한 적극적 파악 노력을 바탕으로 하고 있다. 일례로서 이번 시집에서 가장 중요한 서술어는 '보다'이다. 시「그림자 산책」에서도 중요한 역할을 한 서술어가 '(바라)보다'이며 '보다'라는 술어는 전반적으로 여러 시편에서 선택되었다. 자주 등장했기에 중요하기도 하지만, '보다'라는 술어는 시인이 가시적인/ 비가시적인 대상을 알고 이해하고 포착하는 행위 전체를 포괄하고 있어서 중요하다. 그런데 시인이 '보다'고 말할 때 이 보는 행위는 시각이라는 신체적 감각에 바탕을 둔 행위는 아니다. 이 시인이 '보다'라고 표현하는 것은 비로소 알게 되었다는 말, 깨달았다는 말, 확인했다는 말, 발견했다는 말, 영혼으로 감각했다는 말을 모두 의미한다. 그리고 '보다'라는 그의 말은 포용한다는 의미의 '안다'로 변이되기도 한다. '보다'와 '안다'는 모두 감각의 두 서술어라고 할 수 있다. 그것은 대상을 파악하는 방법이기도 하다. 그런데 시인의 경우 '보다'와 '안다'는 앎의 보다 적극적인 방법, 즉 온 몸과 영혼과 정신을 동원하여 대상을 파악하려는 태도를 암시적으로 드러내고 있다. 의미는 세계 안에 안겨 있고, 시인은 문학으로서 그 세계를 안고자 하는 것이다. 이 말은 자기 전 존재를 동원하여 포용한 결과로서 시인의 작품이 탄생되었다고도 이해할 수 있다.

　　기다림에는 내일이 없다

　　어제의 그를 보내고
　　오늘의 나를 살아가는 일이다.

어제의 기다림을 잊고
오늘의 이 갈림길에서

시로 남아 살아가는 일이다.

굳어 있던 부리와
발톱을 부숴

남은 생을 이어가는
독수리처럼

어제의 나를 부숴
오늘의 나를 견뎌내는 일이다.
— 「부활」 전문

　자기 전 존재를 밀고 나가 세계를 이해하는 것이 김동수 시인의 문학 방식이라면, 그의 작품에서도 역시 전 존재를 건 한판 승부를 확인할 수 있다. 세계에 떨어진 자가 스스로 세계 안에 뿌리를 내리고 자기 존재의 의의를 증명해 나가는 방식은 실존주의자를 연상시킨다. 그리고 「부활」은 시인의 실존주의자의 면모를 보여주는 작품 중 하나이다. 상한 고기를 먹지 않고 높고 추운 곳에서 고독을 즐기는 독수리의 상징은 실존주의자들이 사랑했던 이미지의 하나이다. 그리고 시인의 마음에는 그러한 고고한 표상이 새겨져 있다. 굴복하지 않고 협상하지 않으며 자기 외길을 지켜나가려는 의지와, 역시 다른 시에서도 특징적이었던 강인한 화자의 어조가 이 시에서도 잘 드러나 있다.

김동수 시인은 여덟 번째 시집 『그림자 산책』을 엮으면서 많은 시를 삭제하고 버렸다. 시인이 자기 시를 버리고 지운다는 것은 살점을 떼어내는 것만큼이나 아픈 일이다. 그럼에도 불구하고 그가 자기 시에 엄격했던 것은 이 시의 독수리처럼 타협을 거부하는 자세에서 나왔으리라 추측할 수 있다. 시인의 내면에서는 자아와 자연이 충돌하지만 그는 그것을 두려워하지 않고, 보이지 않는 의미를 찾을 수 있을까 회의가 생길 수도 있지만 그는 주저하지 않는다. 이러한 시인의 태도와 내적인 자기 형상을 주목하는 이유는 '비가시성의 가시화'라는 시집의 주제 때문이다. '비가시성의 가시화'는 보이지 않는 것을 탐구하는 일이기 때문에 그 자체가 그림자 잡기처럼 어려울 수 있다. 그럼에도 불구하고 이 시적 주제가 어떻게 지속적으로 추구될 수 있었는지, 우리는 시인의 태도와 자세를 통해 짐작할 수 있는 것이다.

4. '산책者' — '그림者'의 변증법적 존재론

한 때 아름다운
향香이었으나

허공 속으로
사라진 그림자

그 적요의
뒤를 좇다, 이제

해[日]와

달(月)을 밀어 올린

그 허공의 힘을 본다.
— 「허공의 힘」 전문

김동수 시인이 실존주의자의 계보에서 추구하고자 하는 실존은 자기 실존이 아니라 세계 실존으로 확산되어 있다. 세계의 표상 그 아래에는 영원한 무엇인가가 있다고 시인의 영혼은 직감하고 있다. "잃어버린 신화, 잃어버린 꿈에 대한 향수로서의 나의 시는, 신성 회복을 위한 자기정화의 주문呪文에 다름 아니다."(「문학은 나의 신화다」, 《월간문학》 2016. 10) 이처럼 시인이 밝힌 바, 그는 항구성에 대해 굳게 신뢰하고 있으며 회복 가능성을 강하게 염원하고 있다.

굳은 신뢰 때문에 그는 '산책자'가 되어 고독한 길을 기꺼이 걸었다. 『그림자 산책』 속에는 거대하고 외로운 산책자가 홀로이 광야와 산하를 헤매고 다닌 많은 일들이 기록되어 있다. 때로는 바람의 길처럼 보이지 않는 곳을 걸어야 했고, 때로는 가시의 길처럼 이해받지 못한 곳에도 도달해야 했지만 시인은 자신의 무거운 산책을 거두지 않았다.

또한 시인은 강한 염원 때문에 '그림자'가 되어 허공 속으로 난 길을 기꺼이 걸었다. 실체가 따라간 길에 현혹되지 않기 위해서 시인은 그림자의 증언을 믿었다. 그림자는 시인 내부에서 나와 시인에게 보이지 않는 것을 믿어도 된다고 가르쳐 주었다. 그가 그림자의 말을 신뢰하고 그림자적的 감각을 신뢰한 이야기는 위 시 「허공의 힘」에 몹시 섬세하게 그려져 있다.

아무리 아름다운 향도 태워지면 연기가 되어 허공에 흩어진다. 향기마저 사라지면 그것은 아주 없어지는 것 같으나 시인은 아니라고 말한다. 허공 속으로 그림자가 사라졌지만 '허공'도 없는 것이 아니고 '그림자'도 없는 것이 아니며 '사라진 것'도 없는 것이 아니기 때문에 어떤 것도 없는 것이 아니다. 시인은 없는 것의 있음, 사라짐의 존재함, 비가시적인 것의 실재함을 믿는다. 그 믿음의 형상을 찾아다니다가 시인의 눈앞에 등장한 것은 '해'와 '달'이었다. 이렇게 거대한 것이 없는 것으로 인해 존재할 수 있었는데 그 사실을 모르는 것은 다만 '보다'가 불가능했기 때문이었다.

이러한 시인의 원리를 따라가다 보면 우리는 하나의 변증법적이고 종합적인 결론에 도달하게 된다. 산책자가 만들고 그림자가 선언했던 일종의 길을 보게 된다. 그 길이 곧 김동수 시인의 여덟 번째 시집 『그림자 산책』이다. 그러니 이해의 방식을 달리하는 산책의 방법이 궁금하다면, 보이지 않는 것을 그림 그리는 그림자의 방법이 궁금하다면, 이 시집을 자세히 들여다보면 될 것이다.

미당문학 시인선 02

그림자 산책

ⓒ김동수, 2016, Printed in Seoul, Korea

초판 1쇄 인쇄 | 2016년 10월 20일
초판 1쇄 발행 | 2016년 10월 25일

지은이 김동수
펴낸이 김동수
편 집 쏠트라인
펴낸곳 미당문학사

등 록 제 2016-000003호
주 소 전주시 덕진구 호성로136, 209-1202호
전 화 063)223-3709, 010-6541-6515
이메일 midangmh@hanmail.net

ISBN 979-11-958958-1-6

이 도서의 국립중앙도서관 출판예정도서목록(CIP)은 서지정보유통지원시스템 홈페이지(http://seoji.nl.go.kr)와
국가자료공동목록시스템(http://www.nl.go.kr/kolisnet)에서 이용하실 수 있습니다.(CIP제어번호: CIP2016024711)

이 책은 전라북도 문화관광재단으로부터 제작비 일부를 지원받았습니다.